PROGRÈS

APOTHÉOSE

par

ALFRED LEDAIN

PARIS

CHÉRIÉ, LIBRAIRE-ÉDITEUR

DIRECTEUR DE LA *REVUE DES POÈTES*
ET DE L'UNION LITTÉRAIRE
13, RUE DE MÉDICIS, 13

LE PROGRÈS

ABRAS. — IMP. H. SCHOUTHEER.

LE PROGRÈS

APOTHÉOSE

PAR

ALFRED LEDAIN

PARIS

A. CHÉRIÉ, LIBRAIRE-ÉDITEUR

Directeur de la *Revue des Poètes* et de l'*Union littéraire*

RUE DE MÉDICIS, 13

1879

LE PROGRÈS
APOTHÉOSE [1]

—

SCÈNE I
LE MARTYRE
PROMÉTHÉE, LA FORCE, LA VIOLENCE

PROMÉTHÉE

Enchaîné sur ce roc, crispé par la douleur,

Un horrible vautour me déchire le cœur

Se repaît de mon sang, et telle est ma souffrance

Que j'envierais la mort comme une délivrance !

O ma mère ! entends-tu mes cris de désespoir ?

De venir à mon aide auras-tu le pouvoir ?

Insensé que je suis, j'oubliais... Oh ! la haine !

Elle me soutient seule et mon âme en est pleine !

Quel supplice est le mien ! Que j'endure de maux !

Que ne puis-je à mon tour, torturer mes bourreaux !

Echos de ces déserts, écoutez Prométhée,

Rejeton des Titans, la race révoltée,

---

(1) Extrait de Frimaire, Poésies collectives du Concours international, ouvert par la *Revue des Poètes* et l'*Union littéraire*, 13, rue Médecis, Paris. 1 vol. in-8, titre rouge et noir. Prix : 5 fr.

Coupable d'avoir pu, sous le ciel azuré,

Au profit des mortels ravir le feu sacré,

De les avoir soustraits à l'étreinte homicide

De la Fatalité, dans un monde rigide,

Jaloux de conserver sans aucuns changements

Un ordre primitif plein d'épouvantements !

De cruels ennemis, les dieux de la nature,

Martyrisent mon corps, le livrent en pâture ;

Mes membres palpitants frémissent malgré moi ;

Mais votre rage même exprime votre effroi ;

Sur son roc, Prométhée inspire de la crainte.

A votre conscience importune est ma plainte ;

Cherchez à l'étouffer : je suis votre remords,

Et malgré mes tourments je brave vos efforts !

N'ai-je point contre vous une arme meurtrière ?

Mais c'est là mon secret, ma vengeance dernière.

Renfermé dans mon sein, pour qu'il n'en sorte pas,

Mes lèvres n'oseraient le murmurer tout bas.

SCÈNE II
PROMÉTHÉE, LA FORCE

LA FORCE

Te venger ! Imprudent, une telle pensée

Témoigne contre toi lorsqu'elle est énoncée.

Ecoute un bon avis : si tu savais combien

Tu courrouces les dieux, tu ne dirais plus rien.

PROMÉTHÉE

Me soumettre, ne plus flétrir leur tyrannie !

Ma voix protestera jusqu'à mon agonie !

LA FORCE

Modère tes propos, sans quoi les éléments
Appelleront sur toi de nouveaux châtiments.

PROMÉTHÉE

Je ne me tairai point. N'ai-je pas sur la Terre
Porté, malgré les dieux, un progrès salutaire ?
Des humains ignorants le premier rédempteur,
Ne suis-je point connu comme leur bienfaiteur ?
Ils étaient avant moi, sans guide, sans boussole,
Imitant quelques sons en guise de parole ;
Presque nus, affamés, possédant pour abri
Le creux d'une caverne ou d'un arbre pourri ;
Frissonnant de terreur au moindre phénomène
Inconnu, menaçant, redoutable problème !
J'éveillai leurs instincts, puis, instruits par mes soins,
J'accrus leur industrie ainsi que leurs besoins.
Ils me doivent les arts ainsi que la science,
Conquêtes de grand prix, signe d'indépendance ;
Et toute découverte, un gage de progrès,
A leur ambition put s'offrir désormais.
Ils me doivent encore, et c'est là qu'est mon crime,
L'esprit qui les conduit, la Foi qui les anime !

LA FORCE

Larron de libertés, reptile audacieux,
Abandonné des tiens, hostile à tous les dieux,
Protecteur détesté d'une race proscrite,
Si tu crois m'échapper, la Force t'y invite.

PROMÉTHÉE

Tu railles, tu voudrais posséder ce secret
Qui doit coûter l'empire à ton maître inquiet.

LA FORCE

Oui, je veux le connaître et saurai t'y contraindre,
Dussé-je resserrer tes liens pour t'étreindre,
Dussé-je accumuler des supplices nouveaux
Pour déchirer ton corps et le mettre en lambeaux ?

PROMÉTHÉE

Qu'un barbare tyran se serve de sa foudre,
Qu'il la lance et parvienne à me réduire en poudre ;
Que les dieux ses sujets, contre moi conjurés,
Viennent me transpercer de leurs traits acérés ;
Que les flots soulevés, apportant la tempête,
Accourent rugissants et fondent sur ma tête ;
Que la terre s'entr'ouvre et, parmi ses débris,
Que mes membres disjoints soient écrasés, meurtris ;
Jouet des éléments, enfin que tout mon être
A la terre retourne afin de disparaître ;
Mon souffle est immortel, partout où je serai,
Quoi qu'on fasse, je suis, te dis-je, et je vivrai !

LA FORCE

Tu blasphèmes, maudit ! ta perte est consommée
Et par ta propre bouche est déjà confirmée.
Enfant de Tithéa, contempteur de la loi,
Des tourments inouïs s'apprêtent contre toi.

(La foudre sillonne la nue. Prométhée, foudroyé,
se renverse en poussant un grand cri.)

SCÈNE III
(LA DÉLIVRANCE)
LA CONSCIENCE, L'HUMANITÉ, LA JUSTICE

LA CONSCIENCE

Mes sœurs, empressons-nous, et notre âme attristée
N'aura plus à gémir du sort de Prométhée :
Allons le délivrer, un Dieu juste et clément
L'ordonne ; il faut souscrire à son commandement.
Un principe ennemi de la force brutale
Triomphe et lui succède au nom de la Morale ;
Le Monde rajeuni se réclame de nous :
Pour le grand jubilé donnons-lui rendez-vous.

LES MÊMES (en chœur)

Empressons-nous, volons auprès de Prométhée,
Qu'entre le ciel et lui la paix soit cimentée.

(Elles disparaissent.)

SCÈNE IV
L'HUMANITÉ LA JUSTICE, LA CONSCIENCE
LA FRANCE

L'HUMANITÉ

Dans cette plaine immense où se dresse un autel,
Superbe témoignage, hommage à l'Eternel,
Un peuple a proclamé la charte humanitaire ;
Esprits de vérité, soyons son mandataire.
De cette œuvre féconde assurons le succès :
Sur le globe il est temps que règne le progrès.
N'apercevez-vous pas toute une multitude ?
Ce sont les opprimés sortis de servitude :

Ils viennent saluer la noble nation
Qui s'est sacrifiée à leur rédemption.
Vers l'autel consacré la voilà qui s'avance :
Entendez-vous ces cris, on acclame la France !
Nouveau Christ incarné, prodigue de son sang,
Qui pour le droit toujours combat au premier rang.
Ses actes sont patents, et dès son origine
Elle affirme déjà sa mission divine.
A peine a disparu le colosse romain,
Que la Gaule d'alors, la France de demain,
Seule dans l'Occident contre la barbarie,
Pour mieux lui résister, détourner sa furie,
Au nord, ainsi qu'à l'est, laissa des guerriers francs
Etablir leurs tribus, former de vastes camps,
Renforcer les colons, qui déjà sous l'empire,
A défendre le Rhin ne pouvaient plus suffire.
Les deux peuples bientôt par l'intérêt unis,
Leurs travaux en commun par Dieu furent bénis,
Et les Francs valeureux absorbés dans la Gaule,
La Gaule devint France et commença son rôle,
Ce rôle éblouissant qui dans l'humanité
Devait signifier : Dévoûment, Liberté !
La France s'était dit : « Je me dois à l'Eglise,
Soyons soldats du Christ, appliquons sa devise ;
Le glaive d'une main et dans l'autre la croix,
Des humbles, des chétifs, revendiquons les droits ;
Dans le monde innovons la loi du sacrifice,
Contre l'iniquité défendons la justice.

Et la France, depuis, spectacle merveilleux,
Toujours à l'avant-garde, au poste périlleux,
Fut un vaste foyer où s'épura l'idée,
Le principe divin sorti de la Judée.
Trop souvent incompris, ce peuple impersonnel
Brûla pour son prochain d'un amour fraternel ;
C'est là son caractère, unique dans l'histoire,
Et qui fera chérir, honorer sa mémoire.
Pendant treize cents ans, suivez-le pas à pas,
Ardent sera son zèle : il ne se dément pas.
À ses débuts, alors que l'Europe accablée
Fuyait devant les Huns, sanglante, mutilée,
Quel secours invoquer ? La France !... elle était là :
Frémissante elle accourt et repousse Attila.
Péril plus grand encor, bientôt c'est l'Islamisme
Qui vient le sabre haut contre le Christianisme,
L'étreint de toutes parts, et sans Charles Martel,
A l'œuvre de Jésus donnait le coup mortel.
Ce prélude héroïque annonçait à la France
Sa future grandeur et sa prépondérance ;
Goths, Burgondes, Germains, ces peuples nés d'hier,
Qui ravageaient son sol, par le feu, par le fer,
Par leurs incursions mélangèrent les races,
Et la France devait en conserver les traces.
Ces flots d'êtres humains se dispersant au loin,
Chez elle cependant fournirent un appoint
Qui, dans la vieille Gaule instruite, policée,
Par de grands souvenirs encore influencée,

En rajeunissant sa nationalité,

Lui laissaient un cachet d'universalité ;

Et lorsqu'à l'Occident elle eut rendu la vie,

Monarque éducateur, par les peuples suivie,

Dégageant le Présent, éclairant l'Avenir,

Son rôle bienfaisant ne devait plus finir.

Mais sa voix retentit, écoutez sa parole.

LA JUSTICE

Que dit-elle ? Approchons.

L'HUMANITÉ

Elle affirme un symbole.

LA FRANCE

Et voici : Le Seigneur daignant, dans sa bonté,

Me choisir, m'inspirer l'amour, la charité,

Par la grâce d'en haut votre porte-bannière,

Je vous livre en ce jour mon âme tout entière.

Le Verbe parle en moi, puisse-t-il dans les cœurs

S'imposer pour le bien et nous rendre meilleurs.

A vivre condamnés, vermisseaux que nous sommes,

Que la saine raison éclaire tous les hommes.

Enfants d'un même Dieu, pourquoi donc l'affliger ?

Nous a-t-il donc créés pour nous entr'égorger,

Pour détruire ici-bas la sublime harmonie

Qui par nos passions de la terre est bannie ?

L'ordre est de droit divin, et les simples mortels,

En voulant s'attaquer aux décrets éternels,

Ont seuls donné naissance au Mal, à la Discorde,

Puis après ils s'en vont criant : « Miséricorde ! »

L'absolu leur répond : « Rentrez dans les chemins

Que vous avez perdus ; devenez plus humains ;

Repoussez l'égoïsme, un défaut de nature ;

Ne soyez pas si prompts à venger une injure.

Pour votre frère ayez de tendres sentiments,

Prêtez-lui votre appui dans ses égarements

Quel que soit le pays où le sort l'a fait naître,

Sous quelque vêtement qu'il serve le grand Etre,

Respectez sa croyance, enfants d'un Dieu de paix,

Sur tous également il répand ses bienfaits.

Ainsi que d'un poison, gardez-vous de la haine,

Mauvaise conseillère et la plus lourde chaîne.

Devenez tolérants ; que la sérénité

Dans vos actes préside au nom de l'Equité.

Libre est la conscience : en lui portant atteinte,

De la marque de Dieu vous altérez l'empreinte :

L'âme est un tabernacle où repose l'esprit :

Y porter vos regards doit vous être interdit.

Dans le monde moral, respectez la pensée,

Des progrès à venir sentinelle avancée :

Entraver son essor, l'arrêter dans son cours,

Vous livrerait, hélas ! aux tyrans pour toujours.

La solidarité par ma voix vous appelle,

Venez vous retremper à cette loi nouvelle ;

La France s'y dévoue et la Fraternité,

En vous rendant égaux créera la liberté ! »

Invoquons l'Eternel Père et Fils à lui-même,

Son Verbe, l'Esprit-Saint, inaltérable emblême,

Seul maître sur la Terre ainsi que dans le Ciel.

Qui dans son unité, tout immatériel,

Pourtant se conçut triple, afin que sa substance

Par le Verbe ici-bas affirmât sa présence.

Le Père, quel est-il? C'est l'Etre en son entier,

Le principe incréé, ni second, ni premier,

Pénétrant l'Infini; la lumière féconde

Qui conçoit en esprit les semences du monde,

Le juge souverain, l'immuable pouvoir

D'où dérive ici-bas le droit et le devoir;

La méditation qui, dans sa solitude,

Dirige l'univers avec sollicitude;

C'est Lui qui fut hier et qui sera demain,

Que n'a pu définir aucun langage humain.

Le Fils est sa substance; il est l'amour, la vie;

Par tout être ici-bas au Père il nous relie.

Le Verbe est la parole, instinctive clarté

Que l'homme peut connaître en toute liberté;

Il l'apporte en naissant, écho toujours fidèle,

Vivant, après sa mort, il s'appartient par elle.

Dans vos discussions, vos luttes de partis,

Aux principes toujours soyez assujettis;

Repoussez loin de vous les formules savantes

De rhéteurs s'exerçant aux œuvres décevantes.

Puisque toujours à l'arbre on reconnaît les fruits,

Etudiez les faits, les systèmes produits:

Leur application n'est pas chose légère;

Erreur ou vérité c'est la paix ou la guerre.

Souvent l'on vous dira : « Qu'importe l'absolu ?
L'utile est le seul bien, le reste est superflu. »
Mais l'Absolu, c'est Dieu ! C'est le bien, c'est le juste,
C'est le vrai séjournant dans toute âme robuste,
C'est encore l'Esprit qui de l'Immensité
Est venu rayonner dans notre Humanité.
Rien n'a pu se former que par l'intelligence,
Et le monde est son œil où luit la Providence !
J'ai dit. Dieu seul est un ; le Verbe est la raison,
Flambeau de la pensée éclairant l'horizon.

SCÈNE V

L'HUMANITÉ, LA JUSTICE, LA CONSCIENCE

LA CONSCIENCE

O noble nation, ton initiative
Aide la vérité, la rendant plus active
Grâce te soit rendue, et que ton dévoûment
Rachète tes erreurs au jour du jugement.....
Que va-t-il se passer ? La foule agenouillée,
Un instant se recueille, émue, émerveillée ;
Puis soudain retentit un hymne à l'Eternel ;
La foule se relève et marche vers l'autel,
En gravit les degrés inondés de lumière.
Chaque peuple est présent... La France la première,
Au nom d'un livre saint qui de tous est la loi,
De la Fraternité fait un acte de foi.

Elle jure et convie à repousser la haine,

Le mal, cet ennemi de la nature humaine.

Son exemple est suivi.

L'HUMANITÉ

Les peuples l'imitant,

Fonderont l'unité que l'avenir attend.

Mes sœurs, à la Raison aplanissons la route.

Son rôle n'est-il pas de combattre le doute,

Cette lèpre des cœurs, ce dissolvant moral

Qui rend l'âme insensible à l'ordre général ?

Unissons nos efforts ; que par notre alliance,

Le monde goûte en paix les fruits de la science.

(*Elles disparaissent.*)

Alfred LE DAIN.

www.ingramcontent.com/pod-product-compliance
Lightning Source LLC
Chambersburg PA
CBHW051309050726
47595CB00008B/3458